U0048170

3喵1牛" 爆笑日常

LINDA貓記事

眾貓奴 爆笑推薦！

貓奴傳承的時代來臨～貓奴們要像 Linda 一樣，提早培訓下一代小貓奴才行啊！不知道怎麼讓「子貓共存」？就快看 Linda 的《3 喵 1 牛，爆笑日常》吧！其實生了小孩之後，才知道養貓簡單多了啊～

—— 「奶茶椰果」粉絲團版主／Kenty

我一直都有收看 Linda 在部落格與 FB 分享的圖文，看著在毛孩子陪伴與守護下的小牛，彷彿與他們一同成長。Linda 生動描繪了他們一家人、喵與小孩的生活，本里里長汞～汞～汞～推薦！

—— FB 粉絲團版主／小跑喵嗚嗚　跑木

大學時代就認識 Linda 了。記得那時她在學校可謂才華出眾，是個很有創意的設計人。現在，終於盼到她的圖文作品了。看著書中一篇篇可愛又可憎的貓咪故事，我感受到那份濃厚的愛。我想，如果不是愛，Linda

應該很難苦中作樂，人與動物如此緊密地生活一起，要克服的不只是自己，還有親人對於同時照料小孩與毛小孩的擔心。想知道她是如何辦到的？就一起來看看 Linda 獨特的貓咪哲學吧！

——圖文部落客／托比

本身也是貓奴（且身上帶滿愛痕）的我……（〈命運的吉他〉前奏響起……）看到 Linda 家有三貓超歡樂，三貓的生活點滴讓人不禁內心整個融化啊～❤

貓對我來說，有時像自己的孩子，有時又如同志同道合的朋友。而 Linda 也完美地把貓所擁有那穩重又不失童趣的個性詮釋得唯妙唯肖！如果你跟我一樣喜歡貓，尤其偏愛認養米克斯，就絕對不能錯過這本適合闔家觀賞的《3 喵 1 牛，爆笑日常》！

——圖文部落客／阿貓塗鴉趣

到底是養小孩困難還是養貓麻煩？小孩和貓應該是世界上最難懂又最可愛的生物吧，貓更是視小孩為「天敵」，這個家庭卻把兩個難搞又奇妙的生物放在一起！就讓 Linda 的幽默插畫圖文帶你走進瘋狂的小人大貓國世界！

——貓夫人

人物介紹

尼莫天使

LINDA

尼克天使

目錄

前言
遇見生命中的他

逗貓時間到~

第一次對貓有感覺，是看到同學和他們家的貓玩！

無意間看到寵物店裡的一隻小美短，一直對他
念念不忘，最後就將他買回家了！

請讓我服侍你吧

貓奴平身

帶回家相處沒幾天，馬上就拜倒在他的腳下呀！

怎麼會這樣...

才短短半個月...

我們說好

要一起走的未來呢?

你卻這樣

永遠離開我了

不過半個月後，他卻忽然因病而離開了......

嗯!原來如此~

養貓要注意......

尼莫走後,為了更加了解貓咪的一切,所以看了很多有關貓咪的資料,過了半年,我準備好了!

遇見並認養了我最最最愛的他—「尼克」。

3喵1牛‧爆笑日常

尼莫4個月

大學時我常常去同學家玩，看到他們跟貓咪的互動，越看越有趣～有次經過寵物店時，看到櫥窗裡的一隻小美短，我第一眼就愛上了！於是決定把他買回去，這是我第一次養貓，也是我的第一隻貓咪「尼莫」。

尼莫4個月

我帶尼莫回家時他才4個月大，個性相當溫和，完全把我融化！當時的我對貓咪還不是很了解，也沒有「認養代替購買」的概念，沒想到因此讓尼莫成為我心中最深刻的傷。我與尼莫相處的日子不過短短半個月，他就因為貓咪腹膜炎永遠離開了我。

我永遠記得尼莫離開的前一天晚上，他硬拖著裝滿腹水的肚子，很勉強地走到床上來到我的胸口前撒嬌，對我說晚安，然後便自己躲回床底下。

隔天早上，我一如往常想把他抱出來用針管餵他吃東西，沒想到拉開紙箱的那一刻，迎接我的已經是一具冰冷的屍體……從知道他罹患腹膜炎開始，我就一直在網路上尋找各種貓咪的相關資訊、論壇，看看有沒有類似病例的救活機率，雖然最後尼莫還是離開了我，卻也讓我了解到許多養貓該注意的事。也因為尼莫，讓我深深地愛上了貓，決定要再領養一隻貓咪！

貓咪腹膜炎的病菌具有傳染力，
而且病菌可以存活 1 個月以上，
所以尼莫離開後，我先將他使用
過的所有東西都消毒一遍，並且
等待了半年左右，才在論壇上認
養了第 2 隻貓咪「尼克」。

尼克是浪貓所生的小貓，不過個
性和尼莫完全不同，他好動調
皮，也陪我度過好多年的喜怒哀
樂，是一隻讓我永遠都放在心上
的貓。

遇見尼莫是生命中的偶然，但尼莫也讓我遇見
了其他為我創造美好回憶的貓咪。現在，家裡
有尼克、妮妮和尼醬，我也有了兒子小牛。這
本書記錄了「3 喵 1 牛」有趣可愛的日常點滴，
我想我們的故事，在每一個有毛小孩的家中，
也曾熱熱鬧鬧地上演過吧！

妊妮妮降臨，尼克閃邊去！

PART

耐力延長賽

吃快點！換我了！

吃
吃
吃
吃

嗯～今天的菜色還不錯～

一段時間後.....

換我了啦.....

妳到底還要吃多久.....

根本就故意的.....

走開啦!這麼胖不要再吃了啦!

每次只要放出飼料，跑第一個的一定是貪吃鬼妮妮。尼克則會在一旁看妮妮吃飽後才去吃──先聲明！這絕對不是因為「女士優先」的紳士風度啊～

食物是我の"好朋友"

我要守在這邊！全部都是我の

哼！大不了不吃

不過……好餓我啊！！

而是因為尼克吃飯時，都會被妮妮硬是擠到一旁 XD 所以早點去搶也沒用……久而久之就變成習慣了。

不順眼

兩貓常常互看不順眼

準備發動攻擊!!

誰怕誰!!

打糬你!!!

妮妮也不甘示弱的反擊！

你們‥‥‥

‥‥

驚！　　　驚！

你們到底打夠了沒‥‥‥

  3喵1牛‧爆笑日常

非必要… ← 絕不靠近!!

妮妮和尼克常常會互看不順眼，突然上演互咬戲碼！追過來～追過去～雖然不是真的打架，不過有時候玩得太嗨了也會掛彩 @_@

不過通常只要吆喝一聲，他們就會乖乖聽話，如果這招沒用，就可以拿出終極大絕招——罐頭！這樣兩貓的眼神就全部都會集中在上面了。不過……通常我都不會真的開給他們吃，哈哈！

不然咬你哦。

少惹我！

顆顆顆

ㄎㄎㄎ…好怕喔

哦

生活中的驚喜

嗯～可愛的妮妮在休息

看到妮妮吃飽正在休息~

忽然間妮妮就吐了＝＝

又是因為吃得太急，然後吐一地！

嗯……

就在這個時候!!!

嘔
嘔

挖!靠!!

妮妮在床上又留下了新鮮的嘔吐物……

貓吐物、孤沙發
天女散花～(乱咬一通)
黃金軌道～(地上の便々)
想養貓の朋友們
　要想清楚哦～

如果吐の退頻繁，最好還是捧去看醫生！

妮妮算是家中最愛亂吐的貓了，每次吃東西都吃很快，吃飽後跑來跑去，就吐了……= =
吐在地上、櫃子上都還好，最怕看到妮妮站在櫃子上，突然嘔吐物像天女散花一樣「噴灑」出來！請大家自行想像那壯觀場面，十分驚人，事後也有夠難清理 Orz

我是乖小孩

嗯.....要選哪個好呢？

在買罐頭的時候，想換別的試看看！

當然因為[偏心]所以高級的留給尼克

可是尼克幾乎不吃這個罐頭

  3 喵 1 牛・爆笑日常

嗯～

↑便宜的

浪費食物！！

↑高級的

妮妮看尼克都不吃，就跑過去幫忙吃了XD

還是這個好吃！！

↑便宜的

尼克果然是省錢的乖小孩呀XD

我是省錢の好孩子~❤

每次去寵物店採購時，無論家裡還有沒有罐頭存貨，我都會順便買一些不同口味的，讓 3 喵不要天天吃一樣的，可以換換口味。

有一次剛好看到原本要60 元的罐頭在特價，開心地買了 4 罐。回家一打開發現果然跟平常17～8 元的不一樣，裡面不是一整塊的肉，感覺很高級！

省錢王子(尼克)
只吃便宜の罐頭~

驕傲女王(妮妮)
什麼都吃，
食物是我的好朋友~

沒想到尼克一點也不領情，聞一聞就走掉了……Orz 妮妮看他不吃馬上就跑去吃個精光！我只好再打開家裡原有的 17 元罐頭，尼克就呼嚕呼嚕地吃下去了……噗！果然是很會替我省錢的乖小孩~

抱抱後的大發現

尼克要撒嬌呀！

摸　摸

這天尼克忽然跑來撒嬌~

尼克你怎麼那麼可愛啦!

尼克撒嬌的樣子實在太可愛了!!

一回頭發現......屁股竟然「卡賽」

尼克疑似吃到頭髮＝ ＝便便才會卡住……

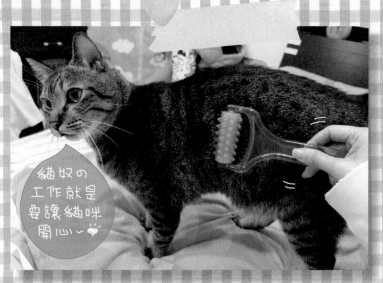

某天尼克跑來撒嬌，我很開心地把他抱起來一陣又摸又揉，沒想到當尼克轉頭離去時，我突然發現，尼克的屁股那邊好像有點怪怪的……

仔細一看，發現屁股上居然卡著一顆便便！還隨著尼克的步伐在那邊晃來晃去！（崩潰）
我猜尼克可能吃到頭髮了吧，所以排泄時沒排乾淨，便便裡卡著頭髮，才會這樣晃來晃去 XD

踩踩送禮物

嗯！要撒嬌呀～

我要踩踩～

每次洗完澡坐下來吹頭髮時，妮妮就會想要踩踩

真舒服呀！

踩
踩
踩

一邊吹頭髮，一邊有貓按摩也不錯～

乖呀～

乖呀～

踩高興了！妮妮就會直接坐在大腿上～～

喵的勒！

又來了！

但是有時候妮妮離開後會發現....

我不要黃金先生......

不要吵了！

黃金先生的殘骸會印在大腿上....Orz

雖然脾氣不好
但是很愛撒嬌～

不知道為什麼，妮妮很喜歡人們洗完澡的香香味道，每次我洗完澡，妮妮就會一直在身邊繞來繞去，我吹頭髮時，她也會自己走到大腿上踩來踩去～踩完後就直接一屁股坐在我的大腿上，實在好愛撒嬌！

媽～我愛你
幫我拍拍～

充滿愛意の
翹屁屁～

不過如果妮妮當天上完廁所沒把「黃金先生」弄乾淨的話，等妮妮離開之後，就會發現黃金先生的味道還有屑屑留在腿上……我才剛洗完澡啊！（崩潰）不知道大家有沒有類似這樣的經驗呢？XD

有時帶有
黃金先生の
小菊花XD～

尼克遇見妮妮

我先來的!!

喔!
不過你上天堂了!

尼莫 →

← 尼克

認養尼克一開始是因為他和尼莫長得很像

啊哈~
整個天下
都是我的~

不過個性和尼莫就完全不同了~

尼克好可愛~

媽媽
摸摸~

有時乖巧的像天使一樣，手一過去就會撒嬌！

有時候又很像惡魔，把桌上所有的東西打翻

已經是成貓的妮妮，
和一歲的尼克就這樣成為一家人！

NEMO

尼莫因為腹膜炎很快就離開了我，雖然只養了半個月，但心中還是很不捨，加上貓腹膜炎是高度傳染疾病，也不敢太快認養下一隻貓咪。過了半年後，才在認養區遇到尼克。

尼莫 3 個月

尼克 3 個月

NECO

尼克約 2 個月大時來到我家，之後與他共度的 8 年歲月裡，我們過得非常開心！也很欣慰有尼克陪我度過許多喜怒哀樂。

已經被尼克處理掉了...

还從新加坡帶回來的

有了尼克之後，我也一直考慮要不要再認養一隻貓咪，讓尼克有個伴。發現妮妮時，聽附近店家說妮妮已經在附近流浪 2 個月了，當下我就興起「來吧！跟我回家」的念頭。雖然她已經是成貓，不過還算滿親人，可能也在外流浪餓了，隨便誰呼喚她都會過來。就這樣，在尼克約 1 歲大時，妮妮成為我們家的一份子。

不然咬你喔！

叫我女王

番外篇
妮妮蹺家事件（一）

媽媽回來嚕～

啦啦啦！

罐頭呢？

啦啦啦！

這天下班回到家後，就跟尼醬和尼克玩～

唭?

門開開的耶～

我們都沒發現鐵門沒關好，妮妮又會開紗門......

出去看看有啥好玩的～

所以妮妮就這樣出去探險了....囧

過了2個小時，才發現⋯⋯⋯妮妮不見了>"<

立刻衝到巷子找妮妮，一整個難過到不行！

最後在巷子裡的水溝，找到全身泥巴的妮妮！

不要再這樣嚇我了啦！！

媽媽...

怕怕....

雖然全身都是臭水溝的味道，但是回來就好！
回家馬上被阿牛抓去洗香香～

某天阿牛回家之後，一時大意鐵門也沒關上，雖然紗門關著，但對妮妮來說根本不算什麼阻礙，因為她是家中3喵裡唯一會開紗門的。我回到家後，尼醬就跑來一直撒嬌，我沒也多去注意妮妮在哪，一直待在房間裡，直到過了2小時後，才覺得怎麼一直沒看到妮妮。走出客廳一看，驚訝地發現鐵門是打開的！

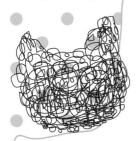

我嚇了一大跳，立刻衝到外面狂喊：「妮妮！」但沒看到她的身影，於是我到處找，心裡有夠著急。

最後阿牛終於在巷子的水溝裡發現妮妮，她全身都是臭水溝的泥濘，一臉恐懼。

巷子外平常也有一些浪貓走動，妮妮每次在窗外看到浪貓，就會很兇的朝他們咆哮。我猜妮妮應該是跑去追野貓了＝＝因為不了解地形，才會不小心掉到水溝裡……

大家在家裡也還是要隨時注意貓咪的位置，門窗有沒有關好，否則若遭遇到像我一樣的「驚」驗，真是心臟都快停了啊！

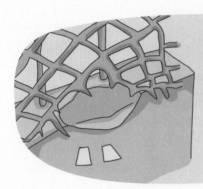

番外篇
妮妮蹺家事件(二)

誰都別想

經過我的地盤!

有天妮妮一如往常，在窗邊看風景。

這項圈??

妮妮的????

下班回來後發現……妮妮的項圈 怎麼在外面???

妮妮又失蹤了！

怎麼會這樣！

而且重點是，鐵門還是鎖住的……囧！
妮妮又不見了！

這邊沒有⋯⋯

之前妮妮掉下去的水溝也找不到>"<

怒

怒

怒

嚇死我了啦！！

一直找不到實在超慌張，
最後終於在門口的馬達下方找到！

凹屋！

妮妮乖啦！

凹屋！

一個月洗兩次澡.....

妮妮可能跑出來很久了，感覺很害怕也很生氣！
加上馬達箱裡面很髒，所以又馬上被帶去洗澡。

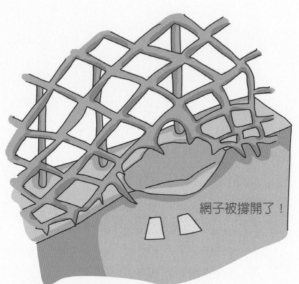

網子被撐開了！

想說鐵門又沒開怎麼會跑出來？
原來窗邊的網子被硬挖出一個洞＝＝.......

不過也因為網子硬被推開，網子上尖尖的地方
似乎刺到妮妮，身上有很整齊的傷口，
三個洞一排，左右都有好幾排的傷。
可能因為這樣，才造成日後生大病的原因......囧||

妮妮生了一場嚴重的病，我猜應該是上次蹺家所引起的傷口感染……上次在水溝裡找到妮妮時，沒注意到她身上有傷口（因為沒有流血），一開始我也沒發現任何異狀。

慢慢地，本來活力還不錯的妮妮，變得越來越不想動，食慾也變得不太好（明明最不挑嘴了啊）。帶去給醫生看也看不出太大異狀，只要我先觀察2個禮拜再說。

沒想到3個禮拜以來，從吃→不吃→水都不太喝了！

體重也急速下降，從6公斤變成4公斤，這下子情況太嚴重了！

沒精神

4 kg

骨瘦如柴

虛弱

要乖乖の
治療，才能
快点回家喔！

撑の過回家<
撑不過....只能回憶。

最後，妮妮居然插管治療了！好在妮妮從發病到慢慢康復，大約只經過1個月的治療期，醫師說恢復速度算是很快！妮妮也很棒～已經完全康復成一隻動不動就愛咬人的活力貓！

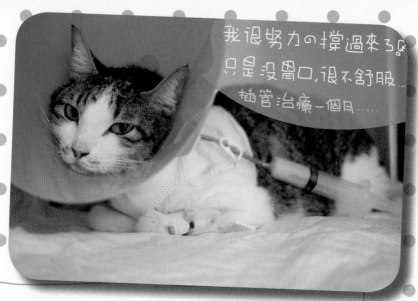

我很努力の撐過來了啦
只是沒胃口,很不舒服...
插管治療一個月......

雖然妮妮生病期間用光了我所有的年假,花費金額也不少,但能看到她健康的模樣,怎樣都值得!家中的毛小孩生病時,絕對要趕快就醫,千萬不要小病拖成大病啊～
我要愛生氣、愛咬人、衛生習慣又不好的妮妮!不要沒精神、沒體力、病奄奄的妮妮!

生病期間·雖然很虛弱,但是我很努力站起來了喔!

原本虛弱到沒辦法走路....

它醬來了，
了喵
鼎立！

PART 2

第一次親密接觸

您好，正式來拜訪了！

ㄟ..你..好！

終於等到帶尼醬回家的時間～
他已經3個月大了！

來～跟哥哥、姊姊打招呼吧！

你...你是誰！！！

討...討厭啦！！！

尼醬一進門，2隻大貓就逃之夭夭～～XD

小鬼!叫什麼叫

哇!鬼呀~

當尼醬正面遇到尼克時.....爆炸了~XD

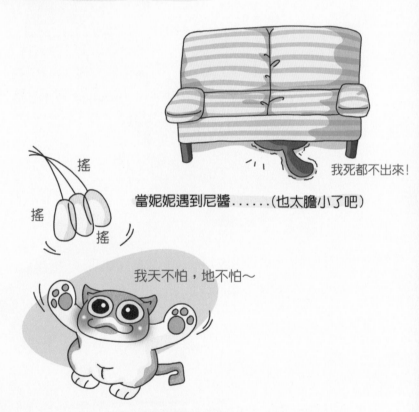

搖

搖

搖

我死都不出來!

當妮妮遇到尼醬.....(也太膽小了吧)

我天不怕,地不怕~

小貓適應力很快~2個小時後就亂跑亂跳了!

尼醬一進門，2 隻大貓馬上就
拔腿狂奔 XD
妮妮原本慵懶地躺在地上，
一看到尼醬，馬上起身衝到
沙發下面去！尼克則是嘴裡
念念有詞，走得遠遠的……

小貓果真很容易適應新環
境，約莫 2 個小時後，尼
醬就開始巡視地盤了。隔天
也發現尼克已經不再對小貓
哈氣了，只是仍把他當透明
人，哈！至於妮妮呢？還在
生氣中啦～

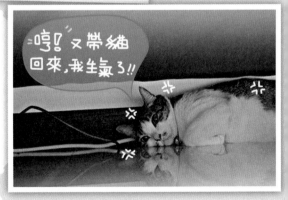

變得熱鬧滾滾

天真活潑

尼醬剛來的時候，眼神充滿了天真呀～

不是我教的!

調皮搗蛋

現在⋯⋯是臭小貓一隻～

我飛!

衝衝衝

飛撲!

臭小貓活力充沛呀＝　＝....

尼克似乎已經對他免疫，也不再對尼醬哈氣

但是也不太想理他就是了 XD～

以上動作不斷輪迴 XD～～

尼醬來我們家差不多1個多禮拜了，本來3貓是「三國鼎立」的狀態，另外兩隻只要看見尼醬都會哈氣。不過一個禮拜下來，尼克已經不再對尼醬哈氣了唷！可能認為尼醬沒有任何威脅性吧 XD 但是……也不太想搭理他～

反倒是尼醬，最近開始把尼克當作假想敵，會衝去「巴」尼克，或玩弄尼克的尾巴。幸虧咱家尼克個性好，不跟尼醬一般見識。

至於妮妮嘛……還在生氣中（呵呵）只要一看見尼醬意圖靠近就猛哈氣！像是原本想跟我撒嬌，要是忽然瞄到尼醬，就會立刻轉頭對他哈氣，看來醋意很重啊～不過，還是比初來乍到時好很多了啦！

再靠近一點

滾！

∞cm

有鬼耶！

剛開始尼醬和妮妮的距離，隔了一個房間之遠～

死小孩！

90cm

伸懶腰

慢慢的，可以同在一個環境，一上一下。

……

×2

蓄勢待發！！

準備攻擊～

最近，他們的距離又更近了～約隔2隻貓的距離

沒想到，尼醬忽然自己縮短距離XD～

結果當然是....又被巴下去XD!!!

尼醬和妮妮的相處，還沒辦法像跟尼克那樣和平，實在是因為咱家妮妮公主病太重啦！到現在還在生氣……不過，我還是偷偷發現他們2隻的距離已經不再那麼遙遠了。

妮妮從原本不願意踏入客廳，現在已經會走到客廳到處亂躺，而尼醬可能因為是小貓的緣故，根本天不怕、地不怕！看到妮妮躺在客廳，或許以為可以像對尼克那樣為所欲為吧，直接撲上去！

當然下場就是被妮妮哈氣加呼巴掌 XD 然後 2 隻貓都跑走。
不過尼醬似乎樂此不疲，很愛找機會偷襲妮妮。
大家一定很好奇尼醬怎麼欺負尼克吧？有圖有證據！

他故意的！

好開心呀！

嗯.....

某天下午，妮妮正忘情的使用貓抓板～

尼醬忽然衝上來，妮妮嚇了一跳XD！

就在這一瞬間⋯⋯尼醬巴了妮妮一掌！！！

快跑!!

妮妮愣了一下，馬上就火冒三丈~~XD

尼醬真是越來越大膽了！常常假裝不經意地悄悄靠近妮妮，或是猛地衝出來，把妮妮給嚇一大跳！讓妮妮氣得半死，忍不住要教訓他，一掌巴下去～噗！

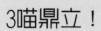
3喵鼎立！

哼哼哼哼！

妮妮正在對窗外的小食客們（麻雀）生氣！

喵嗚！

吵死了妳！

尼克就會衝上去咬妮妮XD～～

嗯……

喵嗚！

裝了跳臺之後，尼醬也會在上面看好戲！

有時，尼醬會伸出小手一直打妮妮的頭XD！

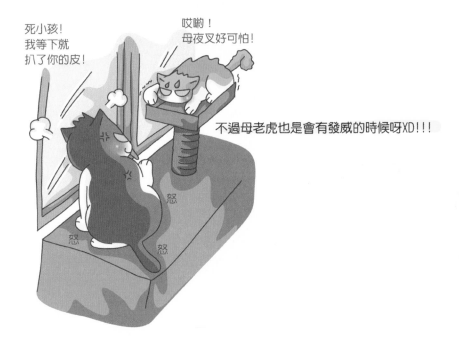

不過母老虎也是會有發威的時候呀XD！！！

妮妮近來的心情一點都不美麗，妮妮原本就跟尼克很愛互咬、互看不順眼，都已經相處6年了還是常常劍拔弩張，在家中各有各的地盤。現在又來了一隻尼醬，讓她更不爽啦！在家裡常常會聽到哈聲連連～

偏偏尼醬又是小貓，本來就天生好動嘛！閒著沒事時，就會去招惹一下妮妮，窗外的小食客也讓妮妮情緒超級緊繃，動不動就生氣～（不過……好像從我撿到妮妮開始，她就很愛生氣 XD）

最妙的是，當妮妮只要對著窗外吼得太大聲時，尼克就會衝上去咬妮妮一下，是覺得她太吵了嗎？哈！
尼醬白目也不是一天兩天了，每次跳上跳臺，不管窗邊是誰，尼醬一律都伸出小手一直拍、打、壓！不過妮妮一吼他，尼醬就又乖乖恬恬了，真是個小俗辣！
我想，我們家現在已經從「楚河漢界」變成「3喵鼎立」的態勢啦！這樣的界線應該會一直存在下去吧～囧！

搶食大戰

這次買了7歲貓咪吃的
糜狀罐頭～

之前有說過尼克挑食，所以會準備不同的罐頭～

為了讓尼克先吃，要先隔開另外2貓～

尤其是目前最貪吃的小貓「尼醬」～

尼克先吃時，必須先把尼醬隔在門外XD

等尼克不吃了，妮妮就會上去接著吃～

我...也要!!!

一定要吃到...

臭小貓急了～會使出吃奶的力氣用力把門推開!

吃
吃
吃

啊!是恰查某......

如果一進來看見妮妮在吃的話～～

好吃～

好吃～

等下再過去好了！

尼醬就會先坐下，看著妮妮吃～

哼！老娘飽了～

吃完了？？

等妮妮吃得差不多了，尼醬才會衝上去～

尼醬來了，3喵鼎立！ PART 2 85

今天的罐頭
味道不錯!

媽媽說不能
浪費食物!

把最後的渣渣舔乾淨XD～～

這個畫面真是太好笑了！XD
尼醬為了吃罐頭硬要把門推開，即使臉都變形了也毫不在乎！
故事起因是我無意間發現 7 歲老貓的罐頭有出產糜狀，因為尼克吃罐頭相當秀氣，都是小口小口的舔，對糜狀罐頭比較感興趣，所以就買來試試看，果真尼克賞臉願意吃 ^^，雖然還是吃不多，但我已經很開心了！

有一次尼醬把門推開時，正巧看見妮妮在吃尼克剩下的罐頭，臭小貓震懾於妮妮的「淫威」（不愧是恰查某～）就不敢往前走，等到妮妮吃得差不多時，他才衝上去狼吞虎嚥地舔乾淨。
要是今天主角換作尼克的話，尼醬才不會管那麼多哩！一定二話不說衝上去把尼克推開，自己把罐頭獨吞了！這就是為什麼要先把臭小貓隔在門外的原因啦！

小偷？小偷！

有魚耶～

有時候阿牛剛煮好的飯放在桌上……

臭尼醬!!

啊!被發現了......

尼醬會趁沒人注意的時候，直接跳上去一咬！

你不能吃這個啦！

沒注意到的話，還真的會被尼醬咬走....XD

但是抱下來沒多久，尼醬又會再跳上去XD！

尼醬真是很適合當小偷的料！放在桌上的食物，只要一個沒注意就會被偷咬……

有一次，阿牛買了排骨便當回來，打開扒了幾口就到廚房拿飲料。沒想到不過短短幾分鐘的功夫，尼醬就已經把排骨拖到桌子下方享用了……= =

所以每次煮飯時，我都要先確認尼醬的行蹤 XD 不過尼醬那麼貪吃，也沒長多少肉呀！雖然偷咬食物令人生氣，但每次看到尼醬黏 TT 的撒嬌，這樣的小偷怎麼捨得會處罰他呢～只好嘆口氣，原諒他吧！

再怕也要吃

啦啦啦～

搖搖搖～

左三圈

右三圈

有時候搖搖呼拉圈，適當的運動一下也很不錯。

滾滾滾

媽呀!!

怪獸來了!

滾滾滾

不過醬醬看到呼拉圈的時候,都會嚇得迅速跑走。

罐頭誘惑～

嘿嘿!

既然醬醬那麼怕呼拉圈,那就來做個小實驗～

直接把罐頭放在呼拉圈裡面，看看醬醬會不會吃

醬醬非常害怕XD，一直在猶豫要不要進去吃～

好想吃……

豁出去了!

加油!

但是醬醬還是下了決心,一定要吃到它~XD

快吃!

好恐怖...

快吃!

不過也吃的戰戰兢兢~哈!吃完之後馬上烙跑。

醬醬真的很怕呼拉圈呀！每次我在客廳搖呼拉圈，醬醬都會神情緊張，炸著毛迅速從邊邊逃跑，在遠處張著驚恐的大眼睛一直盯著看，完全就是把呼拉圈當成假想敵呀！

有次我一時興起想看看當醬醬面對香噴噴的罐頭和他最害怕的呼拉圈時，會作何反應呢？

媽呀！這也太恐怖了呼啦圈怪獸

醬醬最後還是戰勝恐懼了～～哈！

雖說如此，但他還是邊吃邊試探呼拉圈會不會動，吃得一點也不安心，一有風吹草動就馬上跑走，然後再警戒地慢慢走回圈圈內，看到他這反應，實在笑死我啦！真是壞心呀我 XD

倒是尼歐對呼拉圈完全沒感覺，我在搖的時候他還會在旁邊跳，大概以為那是圓形逗貓棒吧，哈！

番外篇
尼醬是貓......嗎？

又到了
坐檯時間！

有時候很懷疑，尼醬真的是貓嗎？

洗乾淨一點呀！

洗澡的時候，尼醬喜歡坐在浴缸上面看＝　＝

等下掉下去，我不管你

洗好沒?洗好沒?

洗臉的時候，尼醬會坐在馬桶的邊緣看～

瞄準目標，跳！

某天，尼醬要跳到馬桶上的時候...

靠！

尼醬....掉下去了XD!!!!!!

喵的!沒算準...

然後尼醬快速跳出馬桶,渾身濕答答到處跑Orz..

洗好了嗎？
要洗乾淨
一點哦？

尼醬有個很可愛的習慣，只要到了我的洗澡時間，就會很自動地跑到浴缸上，坐在那邊「監視」我洗澡，就算身上被水濺溼了也無所謂。另外2隻大貓都超討厭身上溼溼的，偏偏尼醬完全不在意，令人驚奇。

馬桶也是目前尼醬到浴室必去之處，他會站在馬桶蓋邊緣或坐在上面，就連我上廁所時，也硬是要跳到屁股後方的馬桶蓋上！有一次尼醬可能有點手滑，或是沒計算好距離，真的就噗通掉下去了！幸好當時馬桶內很乾淨……但即使如此，他仍然非常喜歡這個遊戲。

水呢？
快打開呀！！

→醬之喜歡喝
流動水。

食物不收好
就會被我吃掉？
呵呵呵～

這貓真的很怪！尼克小時候沒做的事，他全都做了！而且非常愛吃，青菜、蘿蔔、玉米、飯、麵、肉、炸的、滷的……什麼都好！不過，這些都是人吃的食物，貓咪實在不適合，但如果一直不給他吃，尼醬就會一直靠邀 = = 有時拗不過他，只好稍微給他嚐一點點，否則尼醬很可能直接衝上來，把我嘴中的食物挖出去……

我真的有懷疑過，尼醬是不是披著貓皮的狗啊……

了喵的愛與恨 PART 3

聞「雞」起舞

做啥!?

通常用逗貓棒時，妮妮都愛理不理的。

吼!煩不煩

不過一直不斷的鬧牠，妮妮還是會回應一下XD！

不要鬧了啦！

但是胖貓還是不會跳起來，只是咬住而已！

嘿嘿!
水煮雞肉出動!

要讓妮妮站起來，只要拿出水煮雞肉~

咦!?
有肉的味道!!

妮妮馬上就會神速的跑過來XD，再懶都會動~

嘿嘿~
跳起來了吧!

我要吃!我要吃!

就算拿再高，妮妮也會跳起來，
只為了吃XD～～

貓咪的鼻子雖然比不上狗狗那麼靈敏，但也算滿厲害的。每次我只要做水煮雞肉時，貪吃鬼妮妮絕對是跑第一個！這根本就是她的最愛，還會用著充滿愛的眼神盯著我看，像是在說：「給我吃～快給我吃～～～」

別看她這樣，妮妮平常可是懶到極點的貓咪！不管怎麼鬧她，她通常不會輕易有反應的，但是只要拿出雞肉，不管我把手舉得再高，都會使盡全力把肉咬下來，或想盡辦法撥下來。

不過，雞肉也不是每隻貓咪都愛吃，尼克就不愛這一味，所以用雞肉引誘他是完全沒用的。

迷人的油肚肚

嘿嘿！！來嘛～～

很喜歡跟貓咪玩撲倒的遊戲～～

老爺不要呀!!

來!摸一下~~

尼克不太會反抗,所以可以亂搓揉XD

換隻貓試試看~~~

但是如果換成妮妮的話‧‧‧‧‧

走開啦！！

摸一下啦！！

妮妮很不喜歡被摸肚子，所以會很不開心~

怪貓...

大力一點呀！

卻很愛被人家拍屁股＝＝...

每次看到貓咪們在休息，總讓我有種忍不住想要撲上去推倒的衝動！（？）

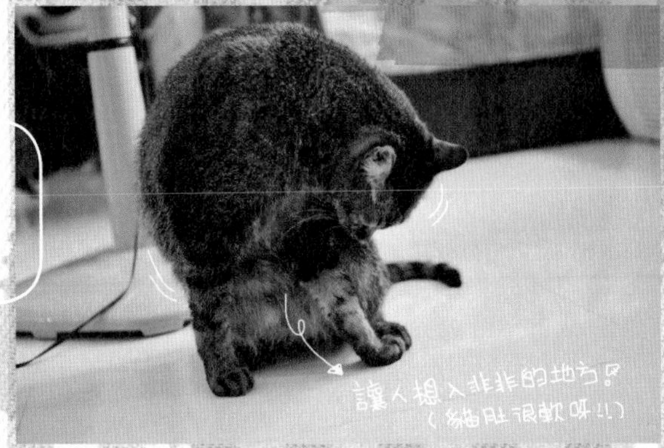
讓人想入非非的地方?
（貓肚很軟呀!!）

NINI
拍屁屁會興奮!!

撲倒尼克時，他不會有任何反抗，完全任憑我上下搓揉！

撲倒妮妮的話，她則會用盡全身力氣把我推開（保持淑女形象？）
而且妮妮超不喜歡被摸肚子，雖然我還是會強行壓制她，然後亂摸一通，哈！不過，拍拍妮妮的屁屁她卻非常愛！
真是每隻貓咪的個性不同，喜好也不同啊！

抓
抓
抓

如廁習慣大不同

專注

認真

乾淨

還沒換砂盆時，尼克是四隻腳都站在砂盆上面

新好男孩，要保持乾淨！

上完後，會站在外面將它蓋好！

啊~好舒服呀！

而妮妮喜歡整隻都進去砂盆裡~

好舒暢呀！！

但是妮妮時常瞄不準，於是牆上會……

喵的哩！
都不會瞄準一點唷！

最後終於受不了，換成有蓋子的貓砂盆……

新出現的弟弟，竟然讓哥哥睏翻

酒足飯飽會幫妮妮蓋貓砂。

以前還沒換貓沙盆時，尼克很不喜歡讓腳碰到貓沙，他都會四隻腳全部站在貓沙盆上，即使上完廁所也不會進去貓沙盆，而是站在外面蓋好。

妮妮雖然整隻都會進去貓沙盆，但不知道她是怎麼上廁所的，尿常常噴到牆壁上，貓尿可是超級濃縮啊！那個味道真是……受不了 = =

最後我實在受不了，乾脆換成有蓋子的沙盆，這樣貓咪上廁所尿也不會亂噴啦，牆壁終於乾淨了！

怎樣啦!!!
不蓋貓砂～
有意見嗎

抓
抓
抓

這種習慣
真的不太好？

警報！小惡魔來襲

貓咪！我來了~

大姐的小惡魔又回來了呀XD！！

貓咪們一看到小惡魔就四處躲藏~

妮妮很快就被小惡魔逼到桌子下面XD！

小惡魔把2隻貓搞得怒氣衝天呀～～～

 3喵1牛・爆笑日常

大姊的小孩剛好是什麼都不懂的年紀，又不怕動物，每次到我家時都很熱情想要找貓咪玩。但貓咪們可不領情，對他們來說，這孩子就是「小惡魔」的代名詞！

每次只要小惡魔一出現，尼克和妮妮都嚇得要命！XD

尼克都會跑第一個，但妮妮只會定在原地直發抖，所以最容易被逮到！

布尺的魅力

不要!走開……

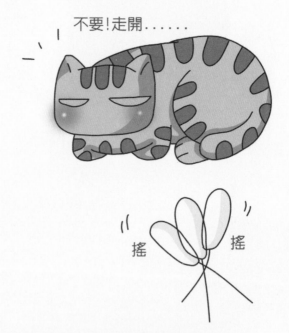

搖　　　　搖

拿一般的逗貓棒尼克都沒啥反應!

不過如果拿出布尺的話......

搖

搖

尼克會變得非常興奮～～

就是這個滋味呀!

尼克真的很愛布尺說～～～～

真是棒呀!!

他可以自己跟布尺玩上好一陣子XD~

尼克是個很會替家中省錢的好孩子，罐頭只吃便宜貨，也不愛玩玩具。

不過，只要拿出布尺或魔鬼粘，尼克就會開心到不行！他超愛聽魔鬼粘那種沙沙的聲音，而且只要捲成一個小圈圈丟出去，尼克就會立刻像箭一般衝出去撿！不過，當然別指望他會撿回來給你，通常丟出去的魔鬼粘最後的下場，都是搬家時才找得到。

包裹？垃圾？

這是什麼！！！

當地上有塑膠袋時......

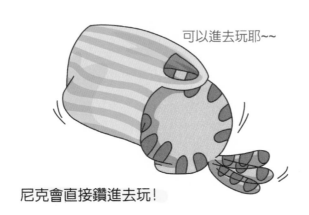

可以進去玩耶～～

尼克會直接鑽進去玩！

呵呵！位子剛剛好

之後就會賴在裡面不走了XD

這個可以賣嗎!?

直接拿去丟掉啦！

晃
晃

這時候就可以直接包起來了XD

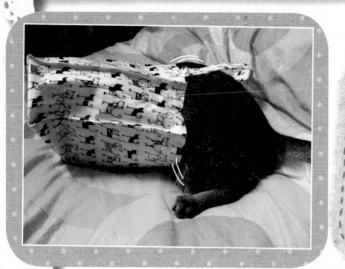

只要塑膠袋放在地上，尼克一定是第一個衝進去的！然後他就會一直躺在裡面伺機而動，當妮妮經過時就冷不防抓她！有時候看到尼克在袋子待太久，我還會把他整包拎起來，找個地方吊 XD

遇到袋子就想鑽。

整隻被包在袋子裡的尼克還是完全不會動，安分地在裡面瞄來瞄去，不知道是不是很多家貓被這樣玩過呢？哈！

……

尼克的恐懼

今天的罐頭不錯~

尼克以前吃罐頭的時候，都是很開心的……

這也是餵藥的一種方法！

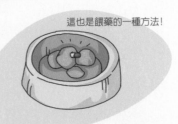

有一次在餵驅蟲藥，埋在罐頭裡好讓他們吃下去

嗯?這是??

不過這次尼克不小心咬到膠囊了……

挖靠！

這是什麼東西？！呸呸呸！

結果膠囊破了，裡面的苦粉跑出來，
尼克立刻口吐白沫！

哇~這邊還有肉肉~ ♥

從此之後，尼克就再也不吃這個牌子的罐頭了XD！

這真是個慘痛的教訓！之前定時餵驅蟲藥預防，都是直接帶到動物醫院給醫師餵，後來漸漸地發懶，畢竟當時 2 貓加起來真的很重啊！乾脆直接帶藥回家餵，一個負責架住貓、一個人負責餵。不過，臨時沒有足夠人手怎麼辦？有 2 種方法：

不要再把藥放到罐頭!!!

1. 雙腳夾住，一手扳開嘴、一手丟藥——不過這個被咬得傷痕累累的機率很大 XD
2. 把藥放在罐頭裡面埋好，因為很多貓咪都是大口大口地吃，吃下去時沒什麼感覺。
妮妮屬於狼吞虎嚥型，當然完全沒感覺到就把藥吞下肚。偏偏，尼克吃罐頭都用舔的，而且很小口、很小口，就在那個 moment！尼克舔到藥了！還不小心咬破！膠囊裡面的白色粉末跑出來，由於實在太苦，苦到尼克口吐白沫，嘴巴旁邊都是泡泡！

經過那次餵藥事件，現在尼克只要一聞到「那個牌子」的罐頭，立刻掉頭就走！這也造就尼克吃罐頭越來越挑嘴，高級的不愛，便宜的也不接受，讓我有一陣子不斷買各種不同的罐頭來試探他的口味。而那些他不吃、不愛的怎麼辦呢？妮妮和尼醬會二話不說、照單全收！

噁!!沒用的。

我不再吃了!這牌子的罐頭!

千里尋罐頭

要買不同的罐頭回來試看看@_@

尼克因為罐頭餵藥事件，所以很挑罐頭！

不行，還不可以！

我要吃！

我要吃！

撥罐頭表示「不喜歡」

開新罐頭的時候，總是先讓尼克試看看......

願意聞聞看，舔一下表示「勉強」

而罐頭能不能接受，就要看尼克當下的反應了！

直接吃起來表示「可接受」

願意吃的尼克會慢慢舔，但是也吃不多就是了！

啊！！不要吃光呀！！！！

當然沒興趣的，最後都變成妮妮和尼醬的點心~

為了尼克,各種牌子的罐頭都買過了!!

吃罐頭很難搞……

最後都進了妮妮的肚子裡……

前一篇提到尼克吃罐頭挑食的原因,讓我買罐頭時傷透腦筋,換再多種尼克總是意興闌珊的模樣。我還會特別記錄尼克願意吃的品牌,而買來嘗試、他卻不賞臉的罐頭,當然都由另外 2 隻貪吃貓負責!

尼克吃罐頭也很秀氣,一次不會吃太多,大約只吃四分之一,所以每次特別為尼克開的罐頭,都要把他帶到別的房間去餵。否則依照妮妮和尼醬一口一半的吃罐速度,尼克還沒舔到罐頭,就已經被另外 2 隻吃光了 XD

現在我已經發現,尼克對於罐頭裡面太多肉塊的比較沒興趣,因為他喜歡用舔的,所以「糜狀」罐頭他比較願意接受,也讓我找到一款針對 7 歲以上貓咪的「糜狀」罐頭,只是……很擔心尼克會不會哪天又吃膩啊……

尋貓好幫手

用這個方法準沒錯啦！

跩

跩

跩

大家有找不到貓咪的煩惱嗎!?

神奇敲敲碗～

試試看這個方法吧！

什麼！

這聲音!!

敲敲碗有多神奇，看他們就知道！

來唷!來唷!!

有好料唷～

敲吧～擺動你的雙手敲吧！

罐......罐頭！！！！！！

不論貓在哪兒，一聽到這美妙的聲音都會衝出來！

嘿嘿！上當了吧！
空的啦～

有東西嗎？

給我！

給我吃！

看吧！這不就很容易找到貓了～～

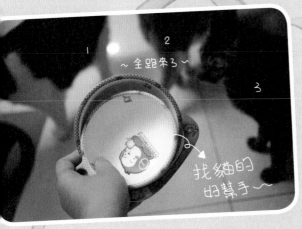

~全跑來了~

找貓的
好幫手~

大家有過明明貓咪就在家裡，卻怎樣也找不到貓咪蹤跡的經驗嗎？我曾經太多次遍尋不著妮妮，但只要拿出裝罐頭的碗敲一敲～不到1分鐘就會聽到「叮鈴鈴」的鈴鐺聲，然後就看到妮妮快步衝出來的身影。這招10次有9次都會成功，不過會讓貪吃鬼的希望落空，而且只對貪吃鬼有用唷！

雖然如此，還是建議大家不要太常當「放羊的媽媽」，偶爾還是要給他們吃罐頭啦，每次都被騙實在太可憐了～

相當好用，每次都有用。

但，偶爾還是真的給他們吃啦～

番外篇
很像「他」的尼歐

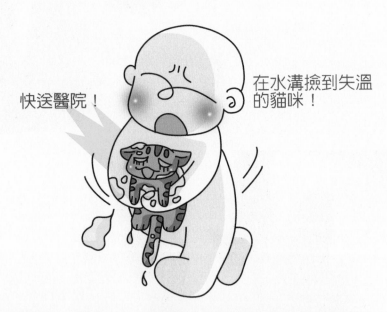

快送醫院！

在水溝撿到失溫
的貓咪！

尼歐是一隻掉到水溝裡，被貓友撿到的小貓！

當時尼克才離開我沒多久，心情還是很糟

從尼歐被救上來，到在網路上看到開放認養的消息
一直都覺得他好像尼克，所以最後認養了他！

也許當時多少把對尼克的思念轉到他身上了！

歐～尼歐～

來個愛的抱抱～

喵的！

佐開啦！

尼克也好尼歐也罷，不管怎樣我都會愛他～

「小尼克」是出生不到 10 天被救回的小貓，第一眼看到他就讓我心跳加速，他沒有漂亮的虎斑，看起來像阿比的貓，活脫脫就是尼克小時候的模樣！剛好在尼克離開我的那個月底，貓友告訴我在水溝撈到一隻被母貓遺棄的小貓，隨著他堅強地活了下來，讓我開始興起想認養他的念頭。我也不是在失去尼克後就立刻想再領養，在這期間也看到許多小貓需要找幸福，卻一直沒有讓我有心跳加速的感覺，但是「小尼克」讓我心動了，有一個很強烈的聲音告訴我：是他，他注定要跟我回來。

剛來家中第一天

相當活潑好動喔!!

等到小貓兩個月大時，貓友宣布要找領養人，我下定決心帶「小尼克」回家，要照顧他一輩子。
至於尼克的離開，則是一個讓我傷透心的故事……

小尼歐真是大可愛了～

尼克再見……
小尼克「尼歐」加入
PART 4

尼克離開了

我的尼克寶貝
最乖了~

尼克一直是我最愛的貓咪，
以為我們會相處很久

抱抱!

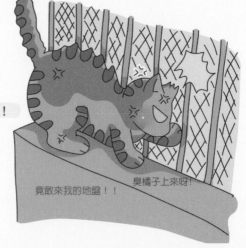

某天，尼克和外面的野貓吵架!

臭橘子上來呀!

竟敢來我的地盤！！

我正想把尼克帶進來，
讓他不要這麼生氣。
沒想到尼克居然氣到突然心肌梗塞，
從牆上掉下來！

醒醒呀!

不要睡覺!

這一次意外，讓我永遠失去他了....

不要走呀!

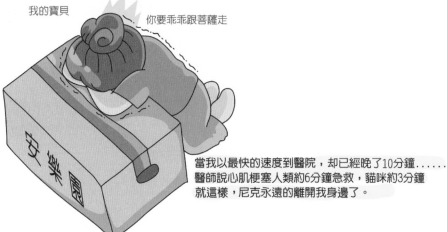

我的寶貝

你要乖乖跟菩薩走

當我以最快的速度到醫院，却已經晚了10分鐘......
醫師說心肌梗塞人類約6分鐘急救，貓咪約3分鐘
就這樣，尼克永遠的離開我身邊了。

我的貝克寶貝，你走的那麼快……
就離開了嗎？會不會我的眼睛著苦薩走啦？

你在我手中那微熱的溫度，是你留給我最後的餘溫。意外，讓我永遠失去你，就在我面前！窗外的野貓讓我一度失去理智，好想讓他消失……這樣你就不會因為看到他而生氣、抓狂，也不會因為這樣，不小心從跳臺上摔下來……

在你掉下來那一瞬間，我簡直慌了手腳，馬上抱著你衝到醫院，恨不得計程車速度再快一點，恨不得有任意門可以馬上就出現在醫院。短短 10 分鐘車程，卻讓我的世界彷彿要崩潰了一樣。

你的眼睛張得又大又圓，完全闔不上眼，我感到手中的溫度越來越低，你全身無力、四肢垂下，無論我怎麼呼喊都沒有回應。我的眼淚不聽使喚地奪眶而出，即便雙腳已經無力發抖，還是不顧一切地跳下車衝進醫院。

我們的出現讓醫院裡原本歡樂和諧的氛圍頓時烏雲罩頂，院長馬上檢查所有狀況，可是你的瞳孔已經放大、心跳已經停止、手掌溫度已經降溫。我知道這代表了什麼意思，可是實在太突然了，我……還沒做好準備啊！急救宣告失敗，我再也沒辦法壓抑情緒，只能放聲大哭……

我知道總有一天你會離開我，只是……可以不要是現在嗎？
但生離死別，我終究沒有權利選擇時機點。
我的寶貝尼克，我希望你知道，縱使家中有 3 隻貓，你卻
是我最疼愛的寶貝。從認養你到現在 8 年了，你從來沒讓
我擔心過、從來沒生病過，一直都健健康康，怎麼會說走
就走了呢？我該用什麼心情去承受呢？

NECO

2011 年 3 月 18 日，我失去了尼克。但不知道是不是尼克想回到我身邊，
3 月底時，貓友撿到出生約 10 天的失溫小貓，花色和尼克幾乎一模一樣，
身體像阿比尼西亞的那種貓，沒有明顯斑紋的虎斑貓。

看著貓友連續 2 個月來 PO 出小貓的狀況，每次只要看到他，就讓我想
到尼克，也許是移情作用，這隻小尼克終於在 5 月時來到我家。

不管是不是尼克換了身分回來，或是尼歐注定要來到我家，尼克永遠是
我心中的最愛，我也會盡貓奴本分，照顧好 3 貓。也希望尼克能夠乖乖
跟著菩薩走，不要東張西望，別亂跑唷……

小尼克正式更名

NEYO

正式更名！！！

怕怕！

小尼克要正式更名為「尼歐/NEYO」了唷～

尼莫
↓
尼克
↓
妮妮
↓
尼醬
↓
尼歐

偶們家都是
尼開頭的～

依照慣例，還是取有尼開頭的名字好了XD～

尼莫 / NEMO

當時因為《海底總動員》
所以取尼莫這個名字~

個性溫和、乖巧
第一次養貓不懂,在寵物店
購買來的。

買來半個月後腹膜炎走了!

尼克 / NECO

因為想要有個尼字,
也是想念尼莫……

個性沉穩、愛撒嬌
和妮妮是從小打到大的玩伴
臺中貓天堂認養來的

8年後心肌梗塞走了..> < ..

妮妮 / NINI

女生嘛!又要尼字,
所以叫妮妮剛好XD!

個性孤僻、愛生氣
吃牛肉麵時在路邊撿的
當時已流浪2個月了!

現在還是家中元老級!

尼醬 / NI Chan

就……要繼承傳統
所以叫尼醬XD!

個性膽小、怕生
新竹收容所認養回來
有一個可愛的捲尾巴

可愛的醬醬6歲嚕!

尼歐 / NEYO

嗯……已經不知
道要叫啥了XD!

個性活潑、好動
義工從水溝撿上來的
目前在我家當大爺!

調皮的尼歐3歲嚕!

原本帶小尼克回來後，想說名字就這樣決定了，但平常我叫小尼克時，都是「NECO～～ CO～～」這樣叫，聽起來會有種在叫尼克的錯覺 @_@ 經過一番思考，決定還是給他取個新名字好了。當然還是要延續我們家的傳統，名字一定要有個「尼」字！

尼莫 NEMO

我養的第 1 隻貓咪，不過和我的緣分很短，半個月就當天使了……也是我相當懷念的一位，他的個性真的很好。當時因為不懂，所以用買的……可惡的寵物店，都賣病貓！

尼克 NECO

第 1 隻認養的貓咪，在尼莫離開半年後就一直陪伴我，度過了大學和研究所時期，直到 2011 年 3 月。尼克是我最愛、最疼的貓咪，我承認當初會認養尼克，有部分原因是他跟尼莫長得很像，不過個性差異很大 XD

妮妮 NINI

在路邊無意間遇到的成貓，身體不太好，一直以來小病、大病沒斷過 = =
發現她時可能因為肚子餓，所以很親人，隨便叫她都過來。帶回家才發現個性古怪，看誰都不爽，碰不得、摸不得，更別說抱了 XD 不過我也還是很愛她，因為她最黏我 ((((驕傲！))))

尼醬 Ni Chan

一隻在跟死神拔河的幼貓,幸運地被收容所志工帶出來收容所,救回小命。在志工照料下,慢慢回復元氣變成活潑可愛的小貓,不過一直找不到合適的收養人。原本又要再送回收容所,我實在不忍心他再回去,就遠赴新竹把尼醬帶回家了。

尼歐 NEYO(小尼克)

2011年3月底被母貓丟棄,掉到水溝裡的幼幼貓(才剛張開眼而已)。一開始覺得他很像尼克,所以在確定認養之前我一直很猶豫,反覆問自己這樣好嗎?確定要再領養小小貓嗎?但只要一看到尼歐的照片,我就心跳不已!

2個月後,PO出了尼歐的認養公告,當下一個聲音告訴我:是的,就是他!
尼歐注定要當我們家的小孩,就這樣正式收編為我們家第5個毛小孩。

犀利哥尼歐

耶～
發現好玩的了！

小貓在成長的過程中，總是會對任何事物感興趣。

還記得醬醬在小貓時期喜歡抽衛生紙

喔喔～　　　　　這個……

而現在，尼歐愛上垃圾桶＝　＝……

挖！　　挖！
　　挖！　　　挖！

不管裡面有沒有東西，一定會翻倒它....囧"

打、罵都沒用，他還是一直不斷的推倒它....

小貓就是小貓呀！果真調皮搗蛋是天性＝＝尼歐每天都跟醬醬膩在一起，追逐賽跑、半夜不睡覺跳來跳去……所有醬醬小時候的皮樣，他全部照做一次。

除此之外，尼歐還非常喜歡垃圾桶呀！不斷的打翻它，所有能懲罰的招式都用過了，彈耳朵、彈鼻頭、打屁股，沒有一樣有效！囧""

NEYO

真的很皮耶！

不然你想怎樣！

小貓果真無敵呀～大聲斥責後立刻跑掉，但是沒多久又伺機翻倒 XD
不過……看在尼歐很黏人的份上，算了！不跟他計較～貓奴果然永遠只有乖乖認份的命啊～

學貓精

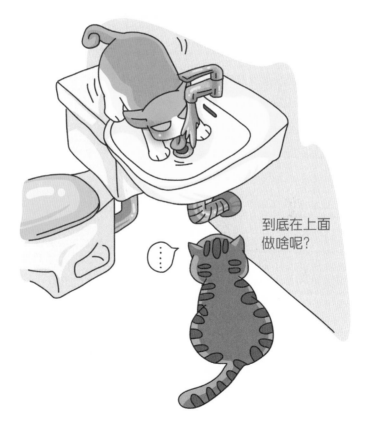

到底在上面
做啥呢？

尼歐常常看醬醬在洗手檯上喝水。

這水很好喝嗎?

所以都會直接攀在洗手檯的邊邊偷看!

醬醬喝完後就很滿足的離開了～

我也來試試看～

尼歐也決定要效法醬醬那樣喝水看看！

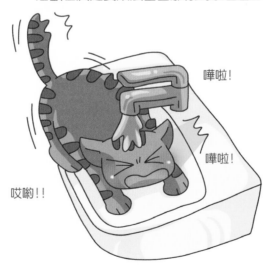

嘩啦！

嘩啦！

哎喲！！

可是尼歐不知道怎麼喝水，所以一直洗頭XD！

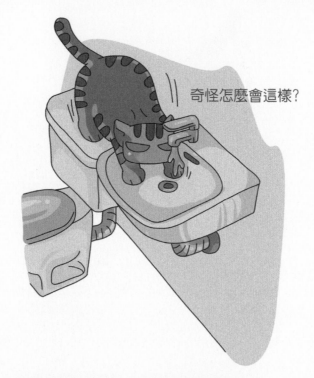

奇怪怎麼會這樣？

但尼歐還是不死心，又再度嘗試！

哎喲！！

還是一直洗頭XD～～就這樣無限輪迴！

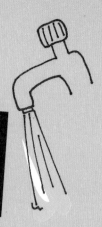

尼歐最近很喜歡學醬醬，每天看到醬醬在廁所該該叫討水喝，搞得尼歐超好奇。醬醬用水龍頭喝水的技巧很好，知道頭要怎麼擺才不會被水嗆到

很愛流動水。

你是學不來的。

小子，哥的技巧

尼歐也想學他，但是頭一伸到水龍頭下，卻不知道該怎麼喝水，所以一直被水洗頭 XD～但尼歐還是不死心，不斷嘗試的結果就是一直洗頭洗得好乾淨啊～因為他完全不知道該何時伸出舌頭～哈！最終只好還是我出馬，裝滿新鮮的水放在洗手檯旁邊，終於讓尼歐喝到水了 XD

學不來口Q。

這樣喝口Q。

開紗門的學問

呼～老娘要看風景！

開紗門這個動作，對妮妮而言根本是家常便飯。

原來如此!!

尼歐常常看妮妮這樣做，所以大概也有樣學樣

有一天就看到尼歐很輕易的把紗門打開了囧"

更慘的是在陽臺爆衝，然後自己把紗門關起來＝＝
卻只會從裡面開，在外面就不會開了……

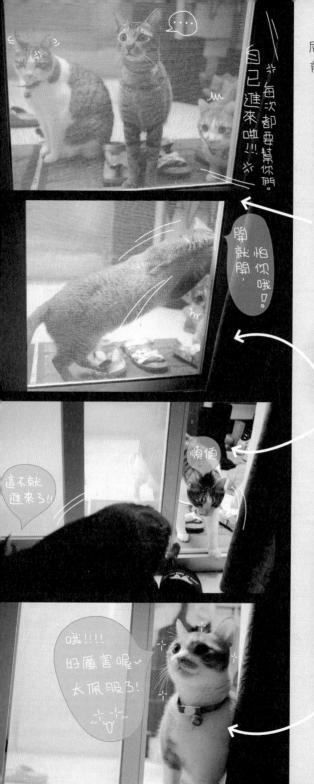

尼歐的學習還真快呀＝＝把以前尼克不會的統統學會了！

・**會從裡面開紗門**→這招向來只有妮妮會，尼克跟在妮妮身邊那麼久都沒學成。

・**會從外面關紗門？！**→因為在陽臺爆衝，不小心「發揮神力」就把紗門給關上了。但是妮妮和尼歐都不知道怎麼從外面開紗門進來（明明方法一樣啊＝＝）所以常常自己把自己關在外面 XD！

但是！！！！！！！！！！尼歐最近學會大絕招了！他竟然學會從陽臺開紗門進來@_@"""

當時我在弄罐頭給妮妮和醬醬吃，忽然看到紗門自己打開，尼歐衝了進來！為了再次證明尼歐是真的會從外面開紗門，我又再度把他關在紗門外 XD 這次我很清楚地看到尼歐把紗門拉開！這招比妮妮還強哩～妮妮到現在還是不會從外面開紗門……這下子我該高興還是哭呢？

正港「躲貓貓」

嗨!醬醬~帶你去一個好地方唷!

什麼!?

什麼!?

吃的嗎?

3貓洗澡的時候都是隨機抓貓,看誰近就抓誰~

3喵1牛‧爆笑日常

通常被帶去浴室後的下場，都是很淒慘的哀叫聲

醬醬洗好後，就換妮妮上場啦~~

妮妮、醬醬都算很好抓到，但是尼歐⋯⋯

等等...

好像在...

怎樣都找不到尼歐，最後忽然發現......

我會乖乖聽話

可以不要洗澡嗎？

原來尼歐躲在窗簾後面，難怪怎樣都找不到......

尼克再見 ...... 小尼克「尼歐」加入　PART 4 **169**

我們家都是 1 年幫 3 貓洗 4 次左右，大約 1 季洗 1 次吧！貓咪其實會自理，身上也不會有任何異味，所以不需要太常洗澡，而且洗澡對貓咪來說也是一大壓力啊！

每次只要洗澡時，原先 3 貓還搞不清楚狀況，直到第一隻被送進浴室後，其他的就會開始警戒！貓咪大約有 98% 左右都不喜歡洗澡，能接受洗澡的真是少數中的少數，我都還沒遇過啊～所以對很多貓奴來說，幫貓咪洗澡是一大挑戰。

通常幫貓咪洗澡時，他們會失控狂叫、亂竄亂抓，一不小心可能就會被貓咪抓傷。好在我們家 3 貓都只會狂叫，然後原地發抖。洗澡的任務都交給牛爸，我只負責接出來吹乾這樣，小牛則負責在旁擔任「秀秀大使」。

這次醬醬是第 1 隻被抓進去的，還沒搞清楚是什麼狀況所以很好抓。換妮妮的時候，她老人家也懶得動，隨手一撈就抓到了。不過，等搞定他們兩個之後，我發現已經找不到尼歐的身影啦！

尼歐毛色黑黑的，是很好的掩護，讓我費了一番工夫搜尋，還想說房子就這樣大，怎麼會一隻貓都找不到？最後終於在落地窗簾後方發現他！

番外篇
抱抱分等級

驕傲呀！

我們家

什麼等級

都有了...

在我們家抱抱有分等級的～

這是女王級的！

碰不得！

摸不得！

抱不得！

妮妮是不喜歡讓人家抱抱的貓～只要一抱就叫

這是後知後覺型！

醬醬～～～

愛的抱抱

搓肚肚～

你會不會
抱太久了？

啊～痛！

醬醬抱是可以抱，不過～～～～

不能抱太久XD～不然他就會開始拳打腳踢！

這是隨你玩型～

做伸展操！

來拉拉筋～

尼歐的話是可以～隨・便・玩・弄～

圍起來～

好柔軟～

是唯一可以隨便玩弄都不會生氣的貓XD！

不能摸、不能抱!!
愛生氣、會咬人

我們家 3 貓分為：
可以抱、只能抱一
下以及不能抱 3 種
等級（雖然不管怎
樣我都會「強抱」
XD）

妮妮－女王型

不能抱、不能摸，但是可以
拍屁屁（？）妮妮個性超級
恰北北，稍微摸一下就會該
該叫，更不用說抱起來了。
但不給抱、不給摸卻又很黏
人，愛跟前跟後……女孩子
的心情真是難捉摸呀！

尼歐－任人擺佈型

最好相處！全家都可以抱起來隨意玩
弄（？），他都不會反抗！還能把他
的雙手壓制在床上，親他頭時尼歐還
會順從地抬高 XD 也可以放在肩上
充當貓皮大衣～不過一放下來，尼歐
就會立馬跑走！

隨便玩弄～
都可以 XD♪

可抱、可摸、可親～
但，只有幾分鐘!!!

醬醬－ 3 分鐘熱度型

可以抱，但是不能太久。貓奴把
貓抱在身上難免會想要上下其手
XD 但若是抱太久，醬醬就會不
耐煩，想要來個「愛的咬咬」了，
偶爾還會小小聲的哎幾聲。

後記
家有一貓，如有一寶

懷孕也能養貓

要跟大家
講一件事～

哈～
我已經懷孕六個月了!

就是我的肚子已經有小小貓了!

不要再說因為懷孕
所以要把貓送走！

還有，我要特別聲明，懷孕絕對可以跟貓相處的！

請不要輕易的放棄他們唷！

而且在這樣的環境下出生，小孩的抵抗力比其他的小朋友好唷！

是的！懷孕也能養貓，不要懷疑唷！

送養寵物的原因百百種，除了常見的家人反對，懷孕、怕小孩過敏而將心愛的寵物送走，更是多不勝數。孕婦最擔心的問題不外乎就是，如果繼續養貓、狗，可能會造成小孩子過敏、呼吸道等問題，或是擔心寵物身上的寄生蟲、弓漿蟲會不會傳染給孕婦？

弓漿蟲是有可能存在於寵物的糞便之中，但是，如果您的寵物沒有在外面流浪，並定期施打預防針，在清理寵物糞便時，只要沒有用手直接去摸大便，然後又沒洗手就拿東西吃，怎麼可能被傳染呢？

6個月

有些醫師也會建議孕婦最好不要飼養寵物，但前提是建議「家裡從來沒有養過寵物，懷孕後不要飼養」，如果懷孕前就已經飼養，並不需要因此送人。因為孕婦原本就已經適應有寵物存在的環境，相對的嬰兒在母體裡也能夠適應寵物的存在。

我在與產檢醫師討論相關問題時，他也說：「國外還不是都小孩、寵物都生活在一起！人家也沒有類似問題呀，有些事根本就是自己嚇自己罷了。」

8個月

其實，孕婦和寵物可以和平共處的案例相當多，再說，如果輕易將毛小孩送養，不但會讓他們面臨重新適應新環境的壓力，也會納悶「為何親愛的主人不要我了？」。即便飼主認為有幫他們找到很好的主人，會好好對待他們，但是毛小孩心中的真正想法，又有誰能知道呢？

新生兒在出生前 2 個月比較敏感，如果真的擔心小孩會過敏，可以在滿 2 個月前，別讓貓咪進到嬰兒房，也可以在房中放一臺空氣清淨機 24 小時開著。並且一定要勤勞打掃！久而久之你會發現，媽媽的心情小孩都會知道唷！我整個孕程都有毛小孩陪伴在身邊，小牛出生至今已經 1 歲 8 個月了，和 3 貓每天相處融洽，一出生就睡在一起了呢 XD！孕育中的寶貝是個新的生命，但是別忘了，原本就陪伴在身邊的毛小孩也是一個生命啊，千萬不要輕易地放棄他們唷～

新生兒和貓咪

新生兒也可以和貓相處唷！

帶你回去
向貓大姊
貓哥哥們
拜碼頭~

小牛出生一個禮拜後就從醫院回家嚕！

嬰兒床佔滿貓↓

安眠曲嗎?

交響曲開始

哇 哇 哇 哇

↑薑是老的辣!繼續睡~

小牛一個月大時常會哭鬧,三貓也都會在旁邊唷!

↓很快就被我請下去了XD

嘿嘿!
這位子好

睡很熟↓

1～2個月大時,有次竟然看到醬醬窩在小牛身上!!

天氣冷颼颼
在裡面最溫暖了～

ZZZ Z
Z Z

在小牛的成長過程中,常常可以看到3喵相伴～

很多人都覺得懷孕時或新生兒都不能接近貓咪，最好家中不要養寵物，這絕對是要針對每個人的不同情況，但絕對不是完全沒辦法相處的唷！

我帶小牛回家前當然也有過一些疑慮，因而詢問過婦產科醫師以及貓友「奶茶椰果」，畢竟她的2個寶貝都已經很大了 XD！

他們都建議自然地與貓咪相處就可以了，不需要特別隔離。不管是3貓或小牛，都是我最重要的寶貝，我原本也就不打算要隔離他們。當小牛出生約1個禮拜後，我就帶回家就直接讓他們接觸了！

由於懷孕前、懷孕時，3貓一直都是跟我們睡

在房間，剛開始 3 貓會對小牛保持距離遠遠地觀察，發現小牛沒有危險性後，就一個個主動去窩在嬰兒床上睡覺了 XD！因此小牛的成長階段幾乎都是跟貓睡在一起～直到小牛 5、6 個月大開始學翻身，又會亂抓東西後，3 貓才又開始對小牛敬而遠之（以免尾巴被抓～哈！）

其實動物都是很有靈性的，他們知道什麼是小小孩，加上從小看著他長大，因此都對小牛特別包容。即使不小心被「攻擊」，也不會反擊去抓傷小牛，不是默默待在原地，就是轉移陣地到其他地方休息。

不過，就算寵物對小孩再怎麼包容，最好都還是在大人的視線下讓他們相處，因為小孩也有可能不懂得力道的拿捏，弄痛了毛小孩也說不定啊。

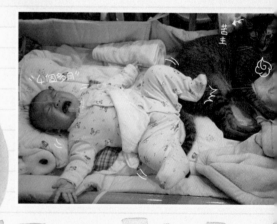

養出小貓奴

喔!牛魔王會動了!退......

驚!!

這是醬醬
和妮妮唷!

舔!

驚!!

舔!

驚!!

小牛的成長過程裡,一直都和貓咪一起相處～

6、7個月大開始會爬會抓，就喜歡找貓咪玩！

9、10個月會站時，還會拿罐頭戲弄醬醬XD！

  3喵1牛・爆笑日常

1歲多時睡覺360度旋轉，還會滾到妮妮身上！

從原本不知道抓貓力道，到現在懂得輕輕愛貓~

小牛一出生就有貓哥哥、姊姊陪著他，只是隨著小牛漸漸長大，開始會翻身、亂抓東西，場面就全面失控啦！3 喵也從原本會和小牛窩在一起睡覺，變成會保持距離 XD！妮妮最老神在在，無論小牛有什麼「驚人之舉」，她還是能「不動如山」。尼歐每次看到小牛就會直接跑走～醬醬完全是看看心情而定，小牛還會拿罐頭誘拐 3 喵，最容易上當的就是年輕、受不了誘惑的醬醬了。

愛醬～
"1 歲 1 個月"

"8 個月"

唀!!
又來了……

父母大概會遇到同一個疑問：小孩睡覺為何都能 360 度旋轉？！小牛睡覺翻來覆去的功力真是讓我咋舌！有次妮妮和小牛一起在床上睡得很熟，小牛睡著睡著，竟然睡到妮妮身上去啦！妮妮立刻一臉錯愕的表情～ XD

"1 歲 5 個月"

???

不過，家裡面沒有養狗，所以小牛第一次遇見狗狗時還是害怕了一下。但從小就和動物一起生活，適應力也相當快，後來常常在路上看到有人遛狗，小牛接觸狗狗的機會變多了，也開始對狗狗產生好奇，慢慢忘記了恐懼，還會想摸狗狗唷！

隨著小牛慢慢長大，現在已經接近2歲，從原本摸貓咪不會控制力道，慢慢地懂得要輕輕的摸，貓咪才不會「痛痛」。在小牛目前的認知裡，「愛妮～」的意思就是去抱抱貓、愛貓，從這樣的動作之中，也越來越理解「愛」的意義。我想，讓孩子在有寵物的家庭中成長，可以讓孩子更懂得溫柔對待毛小孩。我也希望藉由小牛和3喵一起生活，能教導他如何與貓咪相處。我很開心能養出一個「小小貓奴」，在這樣的環境下長大，他會更懂得尊重生命。

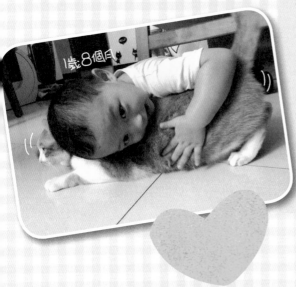

FUN 系列 007

3 喵 1 牛，爆笑日常／Linda 貓記事

作　　　者—Linda
主　　　編—陳信宏
責 任 編 輯—尹蘊雯
責 任 企 畫—曾睦涵
美 術 設 計—我我設計 wowo.design@gmail.com
董 事 長
總 經 理—趙政岷
總 編 輯—李采洪
出 版 者—時報文化出版企業股份有限公司
　　　　　　10803　臺北市和平西路 3 段 240 號 3 樓
　　　　　　發 行 專 線—（02）23066842
　　　　　　讀者服務專線—（0800）231705．02）23047103
　　　　　　讀者服務傳真—（02）23046858
　　　　　　郵撥— 19344724　時報文化出版公司
　　　　　　信箱— 臺北郵政 79~99 信箱
時 報 悅 讀 網— http://www.readingtimes.com.tw
電 子 郵 件 信 箱— newlife@readingtimes.com.tw
時報出版愛讀者粉絲團— http://www.facebook.com/readingtimes.2
法 律 顧 問— 理律法律事務所 陳長文律師、李念祖律師
印　　　刷— 詠豐印刷股份有限公司
初 版 一 刷— 2014 年 10 月 17 日
定　　　價— 新臺幣 280 元

國家圖書館出版品預行編目資料

3喵1牛，爆笑日常／Linda貓記事/Linda 著;
-- 初版.– 臺北市 : 時報文化, 2014.10
面；　公分. -- (FUN ; 007)
ISBN 978-957-13 -6090-4(平裝)

855　　　　　　　　　　　　　103019025

ISBN　978-957-13-6090-4
Printed in Taiwan